Mandy Kraus

Zwei Schwestern

Erzählt von Mandy Kraus im Frühling 2020,

aufgeschrieben von Lars Röper

Biografie meines Lebens

Biografie meines Lebens
- Der Weg zu Ihrer Biografie
www.biografie-meines-lebens.de
Email: info@biografie-meines-lebens.de
Fuchsweg 40a
14548 Schwielowsee bei Potsdam

© 2020 Mandy Kraus & Biografie meines Lebens
   Fotos: Pixabay
Herstellung und Verlag: BoD - Books on Demand, Norderstedt
ISBN: 9783750499164

Dies ist mein **Pfandflaschenbuch**.

Lange war es mein Wunsch, ein Buch schreiben zu lassen,
… über meine Jahre in Brandenburg,
… das, was „Vati" uns angetan hat,
… wie meine Schwester Danni und ich uns beinahe verloren,
… den Tod meines kleinen Bruders …
… und uns Geschwister, die wir unschlagbar zusammenhalten.

Während mehrerer Jahre habe ich leere Flaschen in die Läden
getragen und das Pfandgeld gespart. Jetzt ist es so weit.
Hier liegt es vor euch, mein Pfandflaschenbuch.

Eure Mandy Kraus

Inhalt

Teil 1

„Vati"

„Gleich", fieberten wir Mädchen jenem kurzen Geräusch entgegen, das erklang, wenn der Schlüssel unserer Zimmertür aus dem Zylinder rutschte und draußen auf den Boden fiel. Unaufhörlich werkelten Danni und ich mit einem Buntstift an dem Schlüssel herum, ruckelten das blöde Ding noch etwas weiter heraus, zappelten aufgeregt und verbissen hinter der Tür unseres Kinderzimmers herum. Mein Stiefvater, Dannis Papa, hatte uns eingeschlossen. Wieder einmal. Und wieder einmal würden wir uns das nicht gefallen lassen, Danni und ich. Wir waren drei und fünf Jahre alt, zwei Schwestern, und hatten einen starken Willen.

Mit einem zugekniffenen Auge, ganz wie die Piraten im Ausguck, stocherten wir verbissen mit unserem Buntstift nach dem in der Tür steckenden Schlüssel, bis er den Halt verlor. Das ersehnte Geräusch erklang. Der Schlüssel auf den Boden gefallen war. Hoffentlich würden wir ihn mit unserem Laternenstock erreichen und unter der Tür hindurch ins Kinderzimmer bugsieren können.

Das Laternenlaufen war wegen Mamas Trinkerei ausgefallen, erinnerte ich mich mit dem Stock in der Hand, steckte ihn unter der Tür hindurch und wischte den Schlüssel problemlos zu uns ins Zimmer. Danni und ich stupsten uns an und kicherten. Teil 1 unseres

Plans war gelungen. „Jetzt", hatten wir Schwestern uns im verschlossenen Kinderzimmer mehrfach geschworen, „hauen wir ab."

Mamas Leben hatte den Geruch von Alkohol angenommen, war vollständig davon durchdrungen. Jeden Abend trank sie mit ihren Freundinnen oder meinem Stiefvater im Wohnzimmer. Mama war süchtig nach dieser Hölle, die alles vergiften kann. Wir Schwestern hörten den Tonfall ihrer Stimme wegbrechen, sahen Mama ihre Mimik und Gestik verlieren, die Flaschen im Wohnzimmer und den zum Monatsende leeren Kühlschrank, dessen Inneres im sterilen Licht aussah wie eine Leichenhalle.

Danni und ich betraten das Wohnzimmer. Wir waren frei. Mama war ausgegangen. Und auch mein Stiefvater war nicht in der Wohnung. Konnte uns nicht, wie er es sonst tat, mit seinen Befehlen wieder ins Kinderzimmer schicken. „Geht spielen", sagte er immer. „Verschwindet!"

Womöglich wäre es ihm am liebsten gewesen, wir hätten uns in Luft aufgelöst. Dass es der Alkohol war, der unsere Mutter all dies hinnehmen ließ, verstanden wir erst später.

Fauchte mein Stiefvater uns an, zu verschwinden, taten wir dies. Liefen ins Kinderzimmer, bauten aus Bettlaken unsere Höhlen, saßen beieinander und spielten, bis uns das Geräusch des im Schloss herumgedrehten Schlüssels durchfuhr und trotz aller Gewohnheit erschreckte.

Wieder hatte er uns eingesperrt. Mama und Dannis Vater würden auf das nächste Bier in eine nahe Kneipe gehen. Das wussten wir. Mussten wir Pipi, stand im Kinderzimmer ein Töpfchen bereit. Dabei waren wir längst keine Babys mehr. Danni und ich. Waren groß genug, unseren Rucksack zu packen und richtig zu verschwinden; nicht nur im Kinderzimmer. Abhauen würden wir Schwestern. Uns von niemandem einsperren lassen.

Teil 2 unseres in der Höhle des Kinderzimmers erdachten Planes begann. „Komm", sagte ich zu Danni, „wir packen den Rucksack."

Brot, etwas Käse, zwei Äpfel, einige Bonbons und eine Flasche Milch legten wir hinein und fühlten uns hervorragend ausgerüstet. Danni, als die Größere von uns beiden, setzte den Rucksack auf. Wir traten ins Treppenhaus und zogen die Wohnungstür hinter uns zu. Vorsichtig, auf dass niemand uns bemerke, schlichen wir durch den Hausflur, ins Erdgeschoss und traten ins Freie. Der Himmel über Cottbus-Schmellwitz war wolkenlos. Ein wunderbarer Tag für eine Flucht. Tief atmete ich ein. Streckte meine Finger aus in der frischen Luft. Nur Stunden zuvor, hatte ich sie, zu kleinen Fäusten geballt, vor meine Ohren gehalten. Wollte das Geschrei aus dem Wohnzimmer nicht hören. Den Streit nicht wahrhaben, der wieder einmal zwischen unserer Mutter, meinem Stiefvater oder einem ihrer Trinkfreunde ausgebrochen war.

„Bitte, lieber Gott", hatte ich gebetet, die Auseinandersetzung möge nicht wieder eskalieren, sich beruhigen und einfach verebben. Mama und Dannis Papa aber gossen mehr Alkohol in sich hinein und wie Öl brachte dieser das erste Lodern ihres Streits zum Explodieren. Wieder verloren die Erwachsenen die Kontrolle. Nicht einmal meine kleinen, auf die Ohren gepressten Fäuste konnten das Geschrei raushalten aus meinem Kopf. Manchmal glaube ich, es ist heute noch darin.

„Auf geht's", knuffte Danni mich aus meinen Gedanken. Endlich ging es los. Stolzen Schrittes liefen wir Schwestern an unserem Häuserblock entlang und erreichten den Eingang des Nachbargebäudes. Magisch zog die im Halbschatten liegende, in die Dunkelheit führende Kellertreppe uns Mädchen an. Dort unten gäbe es sicher einen schönen Ort für uns, glaubten wir und gingen hinab. Standen im warmen und brummenden Heizungskeller, bis ein Anwohner uns fand und die Polizei verständigte.

Daheim wurden wir wieder eingeschlossen und

planten schon bald die nächste Flucht. Diesmal wollten wir es schlauer anstellen. Fummelten den Schlüssel aus der Tür unseres Kinderzimmers, verstauten Lebensmittel im Rucksack, machten uns auf den Weg durch den Alkoholdunst der Wohnung, weiter durchs Treppenhaus und hinfort.

Wir Mädchen bogen in eine Seitengasse, erreichten eine kleine Kreuzung und entschieden uns nach fünfzehn Minuten, erst einmal etwas zu essen. Danni und ich nahmen uns etwas Brot aus dem Rucksack und bissen vom Käse ab. Schließlich trank ich einen Schluck Milch. Wie gut schmeckte es doch in der Freiheit.

Gestärkt und zufrieden, liefen wir weiter. Wohin wussten wir Mädchen nicht. Sicher würde jeder Weg der richtige sein. So gingen wir, aßen an beinahe jeder Kreuzung etwas. Rissen Stücke vom Brot ab, tranken von der Milch, teilten uns einen Apfel und ließen beim Laufen Bonbons in unseren Mündern zergehen. Herrlich zuckrig waren die. Dabei war es gar keine süße Flucht, auf der wir waren. Todernst meinten wir es. Wir wollten weg von Zuhause. Abhauen, mit drei und fünf Jahren.

„Wir müssen aufpassen", sah Danni mich nach einer weiteren Pause und einem Blick in den Rucksack ernst an. „Wir haben schon fast alles aufgegessen."

Gleich begutachtete auch ich unsere Vorräte. Danni hatte recht. Kaum etwas fand sich noch in dem Rucksack. Vor Schreck aßen wir Mädchen umgehend die letzten Bonbons und gingen weiter. Als wir die Villen der Puschkinpromenade passierten, fühlten wir uns wie in einer anderen Welt. Wie Prinzessinnen liefen wir entlang der hochherrschaftlichen Häuser. Niemals würde unsere Mutter uns hier finden. Vermutlich gab es aus dem Chaos ihres Lebens nicht einmal einen Eingang in diese Welt, die wir Mädchen zufrieden, noch immer etwas Zuckriges in unseren Mündern, durchschritten, als eine Männerstimme uns erstarren ließ.

„Ihr jungen Damen, einen Moment, bitte. Wohin geht denn die Reise?"

Wir antworteten auch nicht, als der Polizist uns diese Frage ein zweites Mal stellte. Wussten ja auch nicht, wo wir hinwollten. Nur weg eben, das war gewiss.

Der Beamte führte Danni und mich zu seinem Wagen und brachte uns heim. Mama hatte uns Mädchen als vermisst gemeldet. Nun standen wir wieder vor ihr. Ob sie jemals gespürt hatte, wie ernst es Danni und mir mit unserer Flucht gewesen war?

Beinahe allabendlich brach im Wohnzimmer der Streit aus. Vom Alkohol schlingernde Stimmen, Schreie und Flüche, Gegenstände, die geschleudert wurden, gegen die Wand krachten und zerbrachen. Eines Tages dann ein dumpfes, uns unbekanntes Geräusch, das wir unter unseren Bettdecken und trotz der kleinen Fäuste vor unseren Ohren hören konnten. Ein Aufschrei unserer Mutter folgte. An diesem Tag war die Kinderzimmertür nicht verschlossen. Danni und ich waren vieles gewohnt. Diesmal jedoch sprangen wir Mädchen aus den Betten, rannten ins Wohnzimmer und fanden uns zwischen Blut und Scherben wieder. Betrunken stand unsere Mutter neben uns. Verängstigt klammerten wir uns an ihre Beine. Von oben tropfte es. Das Blut auf dem Boden, es lief aus Mamas Kopf. Ein Bierglas hatte sie voll erwischt und war zerbrochen. Bald schon kamen Rettungskräfte, nahmen sich unserer Mutter an. Polizisten betraten die Wohnung, wandten sich meinem Stiefvater zu und nahmen ihn mit. Er hatte das Glas geworfen. „Verhaftet", wurde später von ihm gesagt. „Der sitzt im Knast."

Mama fuhr im Krankenwagen davon. Zurück blieb ein anderer, uns unbekannter Mann. Liebevoll hatte er sich, während das Blut auf den Teppich tropfte, um unsere Mutter gekümmert. Bald würde er regelmäßig kommen.
Wie anständig der Mann aussah, bemerkten wir

Mädchen sogleich. Sanft lächelnd und zufrieden, nippte er an seinem Schwarztee, während unsere Mutter mit ihrer Narbe auf der Stirn im Wohnzimmer saß und weiterhin ihr Bierglas füllte.

„Vati", wie ich den Mann später nennen sollte, ging dann abends nicht mehr heim. Wir vier – Mama, Danni, „Vati" und ich – zogen in eine größere Wohnung. Schön war es dort. Gar nicht dreckig und chaotisch.

Endlich konnte ich zu jemandem „Vati" sagen. Nie zuvor hatte ich das getan. Weiß bis heute nicht, wer mein leiblicher Vater ist. Spürte diese beiden Wörter damals, mit sechs Jahren, zum ersten Mal auf meinen Lippen: „Papa!" „Vati!"

„Vati" kaufte uns Kleidung und Schuhe. Befreite uns von dem alten Zeugs, das an unseren Kinderkörpern hing. Und auch das Licht, das den Kühlschrank zum Monatsende immer wie eine Leichenhalle ausgeleuchtet hatte, erhellte nun allerlei Milch, Käse, Wurst und Joghurt. „Vati" war ein Segen für uns. Eine neue Zeit brach an. Wir Schwestern spürten das ganz deutlich. „Vati" würde sich um uns kümmern, wie es unsere Mutter nicht vermocht hatte. Morgens ging er zur Arbeit, verdiente Geld, trank seinen Schwarztee und lachte fröhlich, wenn wir Mädchen in hübschen Kleidern und mit Marmeladenrändern um die Münder durchs Wohnzimmer stolzierten.

Das Paradies hielt Einzug in unserer Wohnung. Vom Trinken sollte es Mama nicht abhalten. „Vati" schien das nicht zu stören. Manchmal gab er unserer Mutter sogar etwas Geld und ließ sie davonziehen. „Geh' du ruhig an der Ecke etwas trinken", sagte „Vati" dann. „Ich bin ja hier bei den Mädchen."

Mama nahm das Geld, strich sich die Haare aus der Stirn. Kurz sahen wir ihre Narbe, die das im Streit geworfene Bierglas ihr für alle Zeiten versetzt hatte. Wir hörten Mama noch im Treppenhaus. Die Haustür schlug zu. In einer ihrer Stammkneipen würde sie gleich mit Freunden oder Unbekannten in den Abend und die Nacht hineintrinken.

„Trinken Sie regelmäßig Alkohol?", würde viele Jahre später ein Richter von meiner Mutter wissen wollen. „Ich trinke nicht so, dass ich mich dann im betrunkenen Zustand befinde oder Gedächtnislücken habe", sollte Mama antworten. „Ich gehe auch nicht am Tage in Gaststätten. Ich tue das einfach, um abzuschalten."

Gleichwohl sollten wir unsere Mutter oft betrunken erleben. Auch an dem damaligen Abend würde sie spät und schwankend heimkommen.

Die Haustür war zugefallen. „Vati" machte uns das Abendbrot. Wieder hatte er großzügig eingekauft, den Kühlschrank gefüllt, wie wir es sonst nicht kannten. Vieles stellte er nun auf den Tisch, Käse, Wurst, Gurken, Tomaten und sogar Butter. „Vati" hatte Butter gekauft. Wie viel besser schmeckte sie doch als die olle Margarine, die wir sonst im Geisterlicht des Kühlschranks vorgefunden hatten.

Sollte Mama doch ihrer Trinkerei nachgehen. Daran hatten wir uns gewöhnen müssen. Jetzt, wo „Vati" da war, ging es Danni und mir ganz wunderbar. Niemand sperrte uns mehr im Kinderzimmer ein. „Vati" hob nicht die Hand gegen uns, sondern verwöhnte Danni und mich mit Leckereien und Kleidung. Wie Prinzessinnen fühlten wir uns in unseren neuen, von „Vati" mitgebrachten weißen Turnschuhen, den Jeanshosen und paillettenbestickten T-Shirts.

Unser Leben blühte auf. Das war deutlich zu spüren. Endlich waren wir eine richtige Familie, mit einem vollen Kühlschrank, einem „Vati", der arbeiten ging, und tollen Turnschuhen. Nur Mamas Trinkerei, die war nicht normal. Aber keine Familie ist doch ohne Makel.

„Vati" schenkte uns noch etwas Apfelsaft ein. Er mochte Danni und mich, das war deutlich zu spüren. War uns zugewandt, fragte nach unserem Befinden, unseren Träumen und Wünschen. Fröhlich erzählten wir davon. „Vatis" Wünsche und Begierden indes sollten wir auch bald kennenlernen.

„Am Sonntag fahre ich wieder rüber nach Polen", ließ „Vati" unsere Herzen noch höherschlagen. „Mal schauen, ob ich was Schickes zum Anziehen für euch finde."

Danni und ich machten einen Hopser. So etwas kannten wir nicht. Waren in zerschlissenen Klamotten durch unsere Welt gezogen. Und jetzt sollte es noch mehr „Schickes" für uns Mädchen geben. Beinahe glucksten wir vor Glück. Ließen den Apfelsaft über die Lippen laufen und genossen, wie „Vati" uns Mädchen sanft über die Haare strich.

„Und Schulmaterialien bringe ich natürlich auch mit", witzelte er nun. „Sonst noch Wünsche?"

Wir kicherten. Würden in den kommenden Jahren immer mehr Kinder werden, die an unserem Esstisch scherzten, kreischten, Klamauk machten und über die Nudeln mit Ketchup herfielen, die wir alle so gerne aßen. Fünf gemeinsame Kinder sollten Mama und „Vati" bekommen. Alle zwei Jahre wurde eines geboren.

„Nudeln mit Ketchup", wünschten wir Prinzessinnen uns auch für den folgenden Tag zum Mittagessen. „Vati" nickte und schickte uns mit einer ganzen Ladung Vorfreude auf morgen ins Badezimmer.

„Macht euch bitte fertig. Waschen, Zähneputzen, es

ist spät."

Tatsächlich war es spät geworden. Danni und ich tänzelten glücklich ins Bad und vor dem Spiegel herum. Spritzen uns Wassertropfen ins Gesicht und schlüpften in unsere Schlafanzüge.

„Alle Prinzessinnen ins Bett", hörten wir „Vati" rufen. „Gleich geht das Licht aus."

Wir kuschelten uns in die Decken. Nur wenige hundert Meter entfernt bestellte Mama noch ein Bier. Daheim wurde derweil das Licht gelöscht. „Gute Nacht, schlaft alle gut", sagten wir noch, drehten uns in die Kissen und schlossen die Augen.

Bei Mama in der Eckkneipe prosteten sie sich zu. In unserer Küche machte „Vati" den Abwasch, brachte das Wasser zum Kochen, goss seinen geliebten Schwarztee auf, nahm den Becher und auf der Couch Platz, war allein mit uns in der Wohnung.

Unsere Mutter, das wird „Vati" gewusst haben, würde sobald nicht heimkommen. Hatte sie doch sein Geld genommen. Genug Geld. Es würde dauern, bis das vertrunken war. Ob die Lust und Gier auf unsere Mädchenkörper „Vati" nun überkam, während er mit seinem Schwarztee auf der Couch saß, oder er geplant hatte, was er nun tun würde, darüber will ich nicht nachdenken.

„Vati" stellte die Tasse auf den Wohnzimmertisch,

streifte seine Kleidung ab, war nun nackt und voller gieriger Lust. Leise öffnete er die Tür zum Kinderzimmer, schlich hinein, zog die Decke an der Seite ein wenig hoch und kroch zu mir ins Bett.

„Vati" zögerte nicht lange. Rieb sich an mir. Sieben Jahre war ich alt. Ein kleines Mädchen. Erwachte aus meinen Träumen von Spaghetti und Pailletten, geweckt von diesem harten, an mich gedrückten Ding, das fortan ebenso zu „Vati" gehören sollte, wie seine Fürsorge, sein Familiensinn, sein Schwarztee, der tägliche Gang zur Arbeit, seine Einkäufe auf dem Polenmarkt, der gefüllte Kühlschrank, unsere weißen Turnschuhe, die Materialien für die Schule und seine Hände, die sich an mir zu schaffen machten. Das alles war „Vati". Machte „Vati" aus. Durfte „Vati". So glaubte ich jedenfalls. Was weiß ein siebenjähriges Mädchen, das nie einen Papa hatte, schon über „Vatis"?

Ich erschrak. Aus meinen Träumen gerieben, begann dieser große, erwachsene Mensch in meinem Bett zu stöhnen. Wurde lauter. Drängelte mit seinem harten Ding an meinem Körper. „Vati", ließ ich verschlafen hören und drehte mich seitwärts. Doch gleich rückte „Vati" nach mit seinem mächtigen Körper. Seine Hände glitten über mich.

Schrecklich fühlte sich das an. „Vati" war so nah und

machte diese Geräusche. Was tat er da bei mir? Mit mir? Ging es ihm gut? War „Vati" krank oder machte ihn glücklich, was er tat? So glücklich wie seine Turnschuhe und die tollen Spaghetti mit Ketchup uns Prinzessinnen machten?

Das waren die Tage, an denen der Missbrauch begann. Fortan würde „Vati" an einem Tag zu mir ins Bett kriechen, am nächsten zu Danni. Oder uns beide an einem einzigen Tag missbrauchen. Später rieb er sich dann an Mama und bald wurden sie geboren: Jens, Robert, Claudia, Dana und Corinna.
„Vatis" leibliche Kinder.
„Das, was der Papa mit uns gemacht hat, macht er mit seinen Kindern nicht", sollte Danni fünf Jahre später vor dem Amtsgericht aussagen. „Papa hat uns erzählt, mit diesen würde er dies nicht tun. Er hat weiterhin erklärt, wir sind nicht seine Kinder, mit uns darf er das tun."

Was für eine große Familie wir nun waren. Sieben Kinder, Mama und „Vati". Dieser musste sich ins Zeug legen, um den Kühlschrank zu füllen und uns Kinder allesamt mit schicken Sachen und Turnschuhen auszustatten. „Vati" machte das gut. Ging morgens zur Arbeit, während Mama die Wohnung nur selten verließ. Sie trank und schimpfte oft. „Vati" war es, der die Familie zusammenhielt und versorgte. Danni und ich waren die Großen. Wir mussten helfen. Den Abwasch erledigen, sauber machen, uns um die Kleinen kümmern und um „Vatis" Ding.

„Das muss so sein", dachten wir während der ersten Zeit. Väter machen das so. Kuscheln sich mit diesem harten Penis in ihrer Mitte an ihre Kinder. Reiben sich an ihnen, bis er eine Flüssigkeit rausschießt und dann nicht mehr hart ist. Weich wird, wie „Vati" sonst auch immer ein sanfter, weicher Mensch gewesen ist. Der uns nie schlug. Nie trank. Außer Schwarztee natürlich.

Unheimlich war uns Mädchen dennoch, was geschah. So wenig wir auch über Sexualität wussten, irgendwie fühlte sich falsch und viel zu doll an, wie dieser erwachsene Mann sich an unsere Kinderkörper klammerte und stöhnend unsere Seelen würgte.

Danni und ich klapperten mit den leeren Flaschen aus der Wohnung. Schleppten gleich mehrere Taschen mit Leergut in die Kaufhalle. Mama leerte viele Flaschen. Jetzt freuten wir uns darüber. Hielten bald das Pfandgeld in unseren Händen und stromerten auf der Suche nach den perfekten Süßigkeiten durch das Geschäft. Wie schwer war es doch, sich zu entscheiden. Gerne wollte ich ein Eis, Danni aber lieber Schokolade.

„Gut", sagte ich, „kaufen wir eben Schoko." Schob im selben Moment den Deckel der Kühltruhe auf, inspizierte verschiedenste Eis am Stiel, schnappte mir eines und schob die Truhe wieder zu.

Verblüfft sah Danni mich an.

„Spinnst du?", blaffte sie mich an. „Du hast doch gesagt, wir kaufen Schoko."

„Ja, machen wir auch", grinste ich und behielt das Eis einfach in der Hand, während Danni an der Kasse die Schokolade bezahlte.

„Du spinnst tatsächlich", beantwortete meine Schwester ihre zuvor gestellte Frage nun selbst. Doch da saßen wir bereits vor der Kaufhalle, und ich schleckte an meinem Eis.

Es schmeckte himmlisch. Und die Erinnerung daran kann auch die Kassiererin nicht trüben, die uns nacheilte, sich schimpfend vor uns aufbaute und ein „Hausverbot" für die Kaufhalle aussprach.

Der nahezu tägliche Missbrauch durch „Vati" sollte Dannis und mein Heranwachsen wie selbstverständlich begleiten. Er gehörte dazu. So grausam das auch war.

Wir sagten nichts. Nicht zu „Vati", der beim Frühstück

neben uns saß, als gebe es dieses harte Ding in seiner Mitte gar nicht. Als habe er nicht wieder versucht, in unsere Körper einzudringen. Einige Jahre waren wir noch zu klein. Dann würde ihm auch das gelingen.

Auch Mama sprachen wir lange nicht darauf an. Zu oft hatte sie eine weitere Flasche geöffnet und unsere Anliegen als dummes Gerede weggewischt. Sie muss, denke ich heute manchmal, doch gewusst haben, was er mit uns tat, als sie das Geld von „Vati" nahm, es in die Kneipe trug und uns allein ließ. Oder war, was geschah, einfach undenkbar für unsere Mutter? Jahre später vor dem Amtsgericht jedenfalls hörte es sich so an.

„Ich persönlich habe sehr großes Vertrauen .... zu diesem Mann", sagte Mama über „Vati" aus. „Er hat unserer Familie sehr viel Unterstützung gegeben. Er hat die Kinder niemals geschlagen und ich gehe auch davon aus, dass er nie in der Lage wäre, den Kindern wehzutun."

Mama sagte das später so. Gleichwohl machte sie es sich damals zur Gewohnheit, jeweils eines von uns beiden großen Mädchen mit in die Kneipe zu nehmen. Immer nur eine von uns durfte unsere Mutter begleiten. Und natürlich gerieten Danni und ich darüber in Streit, wer mitgehen und an Mamas Seite in der verrauchten Luft der Kneipen, müde und mit zufallenden Augen ihre gelallten Geschichten hören durfte. Diesmal hatte ich mich durchgesetzt. Saß neben unserer Mutter in der Kneipe, hing meinen Gedanken nach. Dachte an meine Geschwister, die in ihren Betten schliefen und vielleicht von Spaghetti mit Ketchup träumten, wie ich es so oft getan hatte. Kam „Vati" auch zu ihnen? Ich wusste es damals nicht. Dachte an Danni. Sicher geschah es jetzt gerade. Morgen würde meine Schwester wieder hier bei Mama sitzen und „Vati" käme zu mir.

Bald schlief ich an unsere Mutter geschmiegt ein.

„Hey, Mandy", rüttelte sie mich irgendwann aus meinen Träumen. „Aufwachen, wir gehen nach Hause."

Nachts um eins oder zwei schwankten wir heim. Jede von uns auf ihre Art. Mama betrunken und ich todmüde. Während daheim alle schliefen, öffneten wir die Wohnungstür und verschwanden in unseren Laken. Meines war kühl. Niemand hatte an diesem Abend bisher darunter gelegen. Meine Geschwister schliefen in ihren warmen Betten. Eines von ihnen war sicher von zwei Körpern gewärmt und von dieser Flüssigkeit genässt worden, die „Vati" in sich hatte. In der Schule sollten Danni und ich bald lernen, dass dies der Samen war, aus dem im Bauch der Frauen die Kinder wurden. Von „Frauen" hatte die

Biologielehrerin gesprochen. Was also sollten wir Mädchen damit?

Zum Ende jener Biologiestunde hätte ich vielleicht etwas sagen können. Die Lehrerin ansprechen und sie fragen, warum „Vati", wo ich doch keine Frau und nicht älter als zehn war, mir unter all seinem Stöhnen diesen Samen gegen und in den Körper machte.

Ich tat es nicht. Sprach die Lehrerin nicht an. Wie ich überhaupt nie einem Lehrer in der Schule oder einem anderen Menschen sagte, was in unserem Kinderzimmer allabendlich geschah. Mein Mund versteinerte, wenn ich nur daran dachte.

In der sechsten Klasse sahen sie dann das Blut. Während des Schwimmunterrichts fiel meiner Lehrerin auf, dass etwas nicht stimmte dort unten bei meinem Geschlecht. Dass es dort blutete. Es rot herauslief aus mir und in den Badeanzug hinein.

„Was ist da passiert, Mandy?", sah die Lehrerin mich verstört an. Ich sagte nichts.

Natürlich wird die Lehrerin gespürt haben, dass etwas nicht stimmte, womöglich Verbotenes, Widerliches und Gewaltvolles geschehen war.

Skeptisch musterte sie mich.

„Das war ein Mitschüler", sagte ich geradewegs heraus, um ihren Blicken zu entgehen. „Wir hatten Streit."

„Streit? Davon blutest du zwischen den Beinen?"

Ich nickte. Sah an mir herunter und das Rinnsal aus Blut, das nun ein wenig an meinem Bein herunterlief.

„OK", sagte die Lehrerin. „Geh bitte duschen, Mandy. Nachher rufe ich deine Mutter an. Ihr müsst zum Arzt gehen."

Ich tat das. Nahm eine Dusche und sah an meinem Körper herunter. Er veränderte sich. Ich war zwölf und wurde zur Frau. Seit fünf Jahren tat „Vati" es bereits: Danni und mich missbrauchen. Gleichwohl hatte sich für mich in den vergangenen Wochen etwas verändert. „Vati" drückte mit seinem Penis nicht mehr mit aller Gewalt gegen mein Geschlecht und suchte Einlass. Ich war nun groß genug. „Vati" konnte in mich eindringen. Wir beide stöhnten auf. Es fühlte sich gut an, was er mit mir tat. Wie sehr verwirrte und verstörte mich das. Stürzte meine Seele in einen Abgrund, dem sie wohl niemals gänzlich entkommen wird.

Die Lehrerin rief meine Mutter an und erzählte von dem Blut. Mama kam, fuhr mit mir zum Frauenarzt und ließ mich bestätigen, dass ein Mitschüler mich verletzt habe.

Da sei mehr gelaufen als eine leichte Verletzung, sagte der Frauenarzt zu meiner Mutter, nachdem ich das Zimmer verlassen hatte. Meine Schädigung sei tiefer und wohl auch nicht durch nur einmaligen Geschlechtsverkehr verursacht.

Mama ließ die Diagnose nicht an sich heran. Schließlich erzählte ich weiterhin die Geschichte von dem Mitschüler, der mich verletzt hatte. Die hörten Mama und ich beide gern. Schließlich würde sie unsere Familie nicht zerstören, den gut gefüllten Kühlschrank, die Spaghetti mit Ketchup, die Turnschuhe und bunten Hefte und Stifte für die Schule nicht gefährden.

Und dem Jungen aus meiner Klasse? Dem konnten sie eh nichts anhaben. Schließlich waren wir erst zwölf.

Die Sache verlief im Sande. Ich war froh. Es war nicht alles aufgeflogen. Denn das war meine größte Angst: die Sicherheit zu verlieren, die „Vati" uns Kindern seit dem ersten Betreten unserer Wohnung, seit damals, als das Blut aus Mamas Kopf tropfte, bot. Jetzt war ich blutig von „Vatis" Missbrauch. Für den Familienfrieden jedoch, schwor ich mir, würde ich das hinnehmen. Abends lag ich dann im Bett und hörte, wie „Vati" unter Dannis Bettdecke kroch. Heute kam er nicht zu mir.

„... er hat mich missbraucht und auch die Mandy,

wenn es Mandy auch nicht zugeben will." Danni würde das später vor Gericht so aussagen und erzählen, wie es war mit „Vati":

„... wenn wir einkaufen gegangen sind und der Papa hat uns dann Süßigkeiten oder andere Dinge gekauft, die wir uns ausgesucht haben, hat er mir gegenüber gesagt, wir sollen das bezahlen. Mit Bezahlen war nicht Geld gemeint, sondern das, was ich ... ausgesagt habe."

Danni würde alles auffliegen lassen. Ich sollte sie dafür hassen. Doch die ersten Versuche meiner Schwester, den Missbrauch auszusprechen, scheiterten.

„Es trifft zu", erinnerte unsere Mutter später vor Gericht, „dass Daniela im vergangenen Jahr sich mir gegenüber schon einmal geäußert hatte, dass sie ... missbraucht worden sei." Abends, während einer Aussprache, ging es „sehr hart zu", erzählte Mama. „Daniela hat dann auch geweint." Und ihr „Vati" „hat mir gegenüber geäußert, das musst du mir erst einmal beweisen und mit dem Kind zum Frauenarzt gehen. Dies hatte ich auch vor. Am nächsten Tag hat Daniela mir gegenüber jedoch geäußert, sie habe geschwindelt."

Tatsächlich ging es sehr hart zu an diesem Abend. „Was hast du mit Danni gemacht, du Schwein?", hatte der Alkohol Mamas Ausraster noch zusätzlich befeuert.

„Vati" wich kurz zurück. Wusste aber sofort, wie er unsere Mutter bezwingen konnte.

„Du glaubst ihr diesen Scheiß?", fuhr „Vati" sie an. „Dann geh' doch zum Arzt. Los! Geh! Lass sie untersuchen. Wirst ja sehen, was für einen Scheißdreck sich Mädchen in diesem Alter ausdenken."

Mama sah „Vati" an. Setzte sich. Trank einen Schluck Bier. Und unternahm nichts.

Mit Danni sprach ich nicht über die Vorkommnisse. Wir wussten, dass „Vati" zu uns beiden kam. Wir Schwestern liebten uns immer so sehr. Die zutiefst verstörende Sache mit „Vati" rührten wir dennoch nicht an. „Vati" kam. Jahr um Jahr. Danni und ich waren gefangen in unserem Schweigen über den Missbrauch.

Fröhlichkeit

So viele Blumen zum Geburtstag

Teil 2

„Missbrauch ist schlimmer"

Die beiden Polizisten hielten ihre Vorträge an unserer Schule. Regelmäßig sprachen sie vor den Schülern über ihre Arbeit, über Drogen, Gewalt auf den Straßen und in den Familien. An jenem Tag im Sommer 1997 waren sie wieder da. Standen vor der Tafel in Dannis Klasse und stellten eine Frage, die unser Leben vollkommen verändern würde.

„Was ist schlimmer ...", wollten die Polizisten wissen, „... Mord oder Missbrauch?"

Finger schnellten in die Luft. Die Antworten waren dieselben.

„Mord."

„Ja, Mord ist das Schlimmste."

„Das ist doch klar."

Zwischen den Jugendlichen und im Klang der gleichlautenden Antworten saßen zwei Mädchen. Daniela und Daniela. Sie trugen denselben Namen. Hatten die gleichen Dinge erlebt. Hielten es nicht aus, das Mantra der Antworten: „Mord", „Mord", „Mord".

Daniela und Daniela schrien auf im selben Moment, sprangen von ihren Stühlen und stürmten aus dem Klassenraum. „Missbrauch ist schlimmer", ließen die Rufe der beiden Danielas die Mitschüler, die Lehrerin und die Polizisten verstummend zurück. Schrecken durchzog die Stille des Raumes. Auf dem sonst leeren Flur, draußen vor dem Klassenraum, standen Danni und Danni in Verzweiflung. Tränen liefen über ihre Gesichter. Beide Mädchen erlebten, wie ein Erwachsener immer wieder in ihre Betten kroch, ihre jugendlichen Körper bestieg und ihren Seelen tiefen, niemals zu heilenden Schaden zufügte.

Die Lehrerin trat aus der Klasse. Sah sich verstört um. Fand sich einem Mädchen gegenüber, das seine Geschichte erzählen sollte, sowie einem anderen, deren Lippen nicht weniger versteinert waren als die meinigen. Wie zugenäht war der Mund dieses zweiten Mädchens, wenn es um ihren Missbrauch ging.

Dieses zweite Mädchen war Danni. Meine Danni.

Die erste Danni erzählte alles. Brachte ihre bisherige Lebenswelt zum Einsturz und rettete sich vor weiterem Missbrauch. Wie mutig das war. Wie unwahrscheinlich mutig und richtig.

„Ich will ...", sagte meine Danni nur eines, wiederholte den Satz gleich mehrmals gegenüber der Lehrerin, „... meine Geschwister schützen. Ich sage nichts."

Dabei blieb sie. Machte alles, was die Lehrerin bereits an Maßnahmen in ihrem Kopf hatte, zunichte. Gleichwohl einigten die beiden sich, vielmehr mit Blicken als mit Worten, auf etwas Heimliches. Eine heimliche Therapie, der Danni sich während der

Schulzeit unterziehen sollte. Mama und „Vati" würden nichts davon erfahren. Nicht mitbekommen, wie Danni in der Schule zumindest ein wenig, während einer Schulstunde von einem Psychologen therapiert würde.

So liebevoll das ist, so traurig ist es auch. Heimlich wurde Dannis Seele etwas gestreichelt, daheim aber kam „Vati" in ihr Zimmer.

Ein wenig erzählte Danni dann aber doch. Brachte während der folgenden Wochen und im Verlauf der heimlichen Therapie Fragmente der Missbräuche über ihre Lippen und aus dem Finsteren unter unseren Bettdecken ans Tageslicht.

Langsam kamen sie dahinter, was geschah. Dann flog alle schützende Heimlichkeit auf. „Vati" holte Danni von der Schule ab. Sah sie aus der Therapie kommen. Danni erschrak. Wich zurück. Die Lehrerin stellte sich zwischen die beiden. Ein Streit brach aus. Mehr weiß ich von dieser Situation nicht zu erzählen.

An diesem Tag sollte Danni nicht mehr heimkommen von der Schule. Unsere Mutter erzählte später vor Gericht davon.

„Daniela ist am Freitag, dem 10. Januar 1997, nicht aus der Schule nach Hause zurückgekehrt. Ein solches Verhalten gab es in der Vergangenheit nicht. Wir haben Daniela dann gesucht.

Die Suche verlief ergebnislos. (…)

Daniela hatte im Vorfeld schon des Öfteren geäußert, nicht in meinem Haushalt bleiben zu wollen. … Worin die Motive lagen, kann ich nicht sagen. Ich vermute nur, … dass sie in meinem sehr großen Haushalt auch mithelfen musste und dass sie das nicht unbedingt wollte. (…) Letztendlich hat sich meine Schwester … gemeldet und erklärt, dass sich Daniela bei ihr befinde. Dies sei geschehen auf Anordnung des Jugendamtes und ich würde Daniela dann zunächst nicht wiedersehen."

Die heimliche Therapie war aufgeflogen. Danni wurde vor „Vati" geschützt. Die Mitarbeiter des Jugendamtes hatten sofort reagiert und meine Schwester bei unserer Tante untergebracht. Fünf Jahre Missbrauch durch „Vati" hatte Danni über sich ergehen lassen müssen. Ebenso wie ich, Mandy, die noch immer an unserem Abendbrottisch saß und die Fragen meiner Geschwister über mich ergehen lassen musste.

„Wo issen Danni?"

Alle stellten sie diese Frage. Jens, Robert, Claudia, Dana und Corinna. Dannis Name klang so hübsch aus ihren Mündern. Dabei war es so unendlich traurig, wie sie nach ihrer großen Schwester fragten.

„Danni? Wo bist du nur?"

Danni, die wichtigste Person in meinem Leben, war nicht mehr bei uns. Beinahe alles, was in unserer Kindheit geschehen war, hatten wir gemeinsam durchgemacht. Mamas Trinkerei ertragen, den Schlüssel aus der Kinderzimmertür geruckelt, uns mit den kleinen Rucksäcken aufgemacht in die Freiheit. Weißt du noch, Danni, wie wir auf unserer Flucht an jeder Ecke haltmachten und etwas aßen? Selbst in dem ollen Heizungskeller war es gemütlich mit dir an meiner Seite.

Dann trat „Vati" in unser Leben und sein grausames Tun sollte während der kommenden Monate im Kinderheim einen tiefen Spalt zwischen uns treiben. Wie dankbar ich bin, dass wir nicht von beiden Seiten hineinstürzten und uns für immer verloren.

„Wo issen Danni?"

Wieder diese Frage.

Kurze schroffe Antworten der Erwachsenen.

„Bei der Tante."

„Wie lange denn?"

„Für einige Tage."

„Kriege ich noch Nudeln?"

„Ja."

„Mit Ketchup?"

„Ja, natürlich."

„Vati" wähnte sich offenbar in Sicherheit. Tauchte nicht unter. Blieb in unserer Mitte als Vater, der sich um alles kümmert und die Familie zusammenhält. Womöglich erachtete „Vati" es in seinem kranken Kopf tatsächlich als sein gutes Recht, sich als Gegenleistung für seine Fürsorge unserer Körper bemächtigen zu dürfen, sich diese in widerwärtiger und verbrecherischer Lust einfach zu nehmen.

Erneut fragten die Kleinen nach Danni.

„Wann wird sie wiederkommen?"

„Was macht sie denn so lange bei der Tante?"

Die Fragen blieben unbeantwortet. Vielmehr sollten meine jüngeren Geschwister zwei Tage später eine neue Frage stellen.

„Wo ist Mandy? Wann kommt sie wieder?"

Es klingelte an unserer Wohnungstür. Zwei Polizisten standen davor. „Ihre Tochter Mandy", nannten die Beamten ihr Anliegen. „Wir bringen sie nach Sergen ins Kinderheim. Es tut uns leid."

Als ich das hörte, begann ich zu schreien. Konnte nichts anderes tun als das. Schreien. Danni, sie hatte „Vati" verraten. Alles erzählt. Alles zerstört, was wir hatten. Wie sehr ich sie hasste. Und wie dumm das damals von mir war.

„Mandy wurde … aus der Wohnung herausgeholt", sagte unsere Mutter später vor Gericht. „Dabei hat Mandy immer noch geschrien: ,Der Papa hat mir nichts getan.' Dennoch wurde Mandy einfach mitgenommen."

Angst, Hass und Verzweiflung durchzuckten mich. Ins Heim wollten die Polizisten mich bringen. Wo ich doch eine Familie hatte, eine Mutter und „Vati", der uns versorgte und …

… missbrauchte. Das wusste ich wohl. Auch, dass es verboten und widerwärtig war, was „Vati" tat. Aber hätten Danni und ich den Missbrauch nicht ertragen sollen, um nicht ins Heim zu müssen?

Wie schrecklich dumm und naiv ich gewesen bin, so etwas zu denken. War kaum Jugendliche und wusste nichts davon, wie endlos tief ein Missbrauch Menschen erschüttern und beinahe gänzlich zerstören kann.

„Dann komm mal bitte mit, Mandy", forderte der Polizist mich auf und lächelte verstört in mein Kreischen. „Wir bringen dich jetzt in dein neues Zuhause. Sicher wird es dir gefallen."

Dann führten sie mich ab wie eine Verbrecherin.

Im Polizeiwagen spuckte der Sprechfunk einige Wortfetzen aus. Geisterhaft hörte sich das an. Die

Polizisten sprachen ein wenig. Erzählten, wie schön es in dem Heim in Sergen sei. Versuchten, mich etwas aufzumuntern. Es gelang ihnen nicht, und bis auf die Sprechfunkfetzen wurde es still im Wagen.

Ich sah aus dem Fenster. Erkannte die aus unserer Stadt herausführenden Hauptstraßen. Immer weiter, das wusste ich genau, entfernten wir uns von der Wohnung, in der meine Familie lebte. Mama, „Vati", Jens, Robert, Claudia, Dana und Corinna. Sicher würden die Kleinen an diesem Abend wissen wollen, wo ich sei. Ihre Frage nach Danni ganz vergessen, weil es nun eine neue Frage zu stellen gab. „Wo", fragten Jens, Robert, Claudia, Dana und Corinna, „ist Mandy? Auch bei der Tante?"

„Nein", sagte unsere Mutter. „Vati" trank von seinem Schwarztee. Wie hielten sie das alles nur aus. Wieso sprang unsere Mutter nicht auf und schlug „Vati" mit der ihr immer nah seienden Flasche vor die Stirn? Wieso kämpfte sie nicht für uns? Hatte sie diesen Kampf womöglich bereits Jahre zuvor verloren? Damals, als „Vati" ihr Geld gab, um aus dem Haus zu gehen und uns Mädchen, erst alle beide, dann jeweils eine von uns, in der Wohnung zurückzulassen?

„Freust du dich, deine Schwester wiederzusehen?", drang die Stimme des Polizisten mühsam durch meine Gedanken. Ich antwortete nicht. Wollte Danni nicht sehen. Höchstens, um sie zu vernichten. Ihre Aussage hatte Danni zu meiner Todfeindin werden lassen. Meine Schwester hatte die Zerstörung unserer Familie eingeleitet. So jedenfalls fühlte sich alles an.

Wie ein hübsches Landhaus lag das Kinderheim in Sergen am Rande von Cottbus vor mir. Dabei hatte ich keinen Blick für die schöne große Halle, die breite Treppe und die antiken Schränke. Lediglich der kleine Erker mit den Bänken darin fiel mir beim Betreten des Gebäudes auf. Schon bald würde dieser behagliche Ort mir zum schönsten im ganzen Haus werden. Dort sollte ich sitzen, nachdenken, weinen, meine Schwester hassen und Briefe an „Vati" schreiben: „Lieber Vati, ich denk an dich …"

„Der vorgenannten Kindesmutter … wird hiermit das Recht zur Bestimmung des Aufenthaltes für ihre Kinder Daniela und Mandy entzogen …"
Diese Worte des Richters brachten uns ins Heim. Danni und ich waren nun beide an diesem Ort. Ganz nah beieinander. Unsere Gedanken und Gefühle indes waren wie zwei Welten.
„Ich finde es richtig, dass ich im Kinderheim bin", sollte Danni vor Gericht aussagen. „Ich habe es

Das Kinderheim in Sergen

Meine Nische im Heim gefiel auch meinem Geschwisterchen

Kinderheim Bergen
Mandey 29.03.1997
Ostern

nicht mehr ausgehalten. Es gab zuhause Probleme. Beispielsweise wenn Mutti besoffen nach Hause kam, dann hat sie mich manchmal auch abends oder nachts herausgeholt und wir sollten arbeiten. Ich meine damit, im Haushalt helfen. Aber deswegen bin ich nicht weggegangen. Ich habe mich sonst eigentlich gut mit Mutti verstanden. Ich bin wegen Papa weg."

„Ich selbst finde es nicht richtig, dass ich jetzt im Kinderheim bin", verzweifelte ich zur selben Zeit in meinem Erker und sagte vor Gericht: „Die Danni hat mir das alles eingebrockt. Der Papa hat mir nichts getan."

Lange noch sollte ich bei dieser Aussage bleiben. Klammerte mich an meine eigentlich so kaputte Welt aus Missbrauch und Alkohol. Doch war es die einzige Welt, die ich hatte. Woran also sollte ich mich sonst klammern?

„Du bist Mandy?"

Meine Zimmernachbarin lächelte mich an. „Sie haben gesagt, dass du kommst."

Ich schwieg. Ließ den Kopf hängen und sah nur langsam zu dem Mädchen hoch, mit dem ich in den folgenden Wochen das Zimmer im Sergener Kinderheim teilen sollte.

„Ja. Ich bin Mandy", antwortete ich leise und wischte

mir die Tränen aus den Augen. „Ich bin aber nicht lange hier."

Das Mädchen sagte nichts dazu. Kannte diese Worte vermutlich, weil alle sie sagten, die in das Heim kamen. Ich aber glaubte daran. Dass ich ganz schnell wieder zuhause wäre. Schließlich hatte ich ja eine Familie und es gab diese Wohnung mit einer Mutter darin, einem „Vati", den Geschwistern, meinen Sachen, den Turnschuhen und dem Küchenschrank mit den Spaghetti und den Ketchupflaschen. Das alles war ja noch da und wartete auf mich.

„Ich bin Paula", stellte meine Zimmernachbarin sich vor. „Wir können ja Freundinnen sein."

Ich wollte keine Freundin. Nur mein Heulen, die Selbstzweifel, die Angst und den Hass auf meine Schwester. Dafür allerdings, um Danni mit Hass und Gemeinheiten einzudecken, würde ich jemanden an meiner Seite gut gebrauchen können. Eine Freundin, mit der ich gegen meine Schwester in den Krieg ziehen konnte.

Ob Danni im Heim bereits eine Freundin hatte?

Ich glaubte es nicht. Meine Schwester zog sich zurück. Das hatte ich gleich nach meinem Eintreffen sehen können. Ich wollte das auch, mich zurückziehen. Aber eine Freundin würde mir jetzt sehr helfen können.

„Ja", sagte ich und lächelte Paula kurz an. „Lass uns

Freundinnen sein."

Ich packte meine Sachen in den Schrank. Hier war nun mein neues Zuhause. Und auch Dannis. Ich würde es ihr zur Hölle machen. Und Paula sollte mir dabei helfen.

Bald schon waren wir zu dritt, und Danni immer noch allein. Immerfort schürte ich unter uns Mädchen den Hass auf meine Schwester. „Meine Familie", erzählte ich voller Wut, „Danni hat sie kaputtgemacht. Die Dreckskuh hat Lügen über meinen Papa erzählt. Bis die Polizei kam und uns mitgenommen hat."

Genau wie Danni sagte ich „Papa" zu „Vati". Hatte mir das angewöhnt. War stolz auf ihn. Dass er uns ein guter Vater war und sich kümmerte. Und dass ich nach all den Jahren ohne Vater endlich einen Papa hatte. Nur eines, das hätte er nicht machen sollen. Auch das war mir klar.

Nachdem ich meine Freundinnen mit dem Hass auf Danni infiziert hatte, gingen wir auf sie los. Feindeten meine Schwester an. Hackten mit Wörtern auf sie ein. Drängten Danni in die Ecke.

„Du gehörst nicht zu uns."

„Du Schlampe hast meine Familie zerstört."

„Du allein bist schuld, dass ich im Heim bin."

„Wir machen dich fertig!"

Danni hatte keine Chance. Keine Freundinnen im Heim, die ihr hätten beistehen können. Lediglich unsere Tante besuchte sie einmal. Brachte Geschenke, und ich drehte durch. Danni hatte alles zerstört, und als Belohnung drückte Mamas Schwester ihr auch noch ein hübsch verpacktes Präsent in die Hände. Wäre doch nur eine Bombe drin gewesen. Wünschte ich, raste, knallte die Türen und wühlte mich in meinem Zimmer in die Decken. Lange Zeit sollte ich keinen Menschen an mich heranlassen. Die Heimerzieher und Pädagogen nicht, keine Therapeuten und auch vor den Staatsanwälten, die bald in mein Leben traten, schwieg ich. Es war das Jahr 1997. Ich war dreizehn Jahre alt und kämpfte gegen alle.

Morgens saß ich neben Danni in dem Wagen, der uns zur Schule brachte. Wir sprachen nicht. Sahen aus den Seitenfenstern und hätten uns ferner nicht sein können. Danni war froh, im Heim Schutz vor „Vati" gefunden zu haben. Ich jedoch wünschte mich so sehr nach Hause. Hätte alles dafür gegeben, bei meiner Mutter in unserer Küche sitzen zu dürfen. Sollte sie doch trinken. Sie war ja trotzdem meine Mama.

Die Explosion unserer Familie hätte uns

Schwestern kaum weiter auseinanderschleudern können. Wir waren gefangen in unseren Welten. Konnten nicht zur anderen finden. Ich schrie und trommelte Sturm gegen Danni. Sie zog sich zurück, kauerte in ihrem Zimmer, während ich in meinem Erker saß. Verhangen von Sehnsüchten und Traurigkeit, vergittert vor Hass. Ich kam da nicht heraus. Zog ein weißes Blatt Papier zu mir herüber und begann zu schreiben. Notierte einige Zeilen für Mama. Schrieb einen Brief an „Vati". Traurig lagen die Zettel vor mir. Meine Schrift war eine einzige Achterbahnfahrt. Ich raste durch eine Verzweiflung, die mich zu zerreißen drohte.

Ich faltete meine Briefe. Wollte sie eben einstecken, als ich bemerkte, dass die Haustür geöffnet wurde und mehrere Personen eintraten. Stimmen wurden laut. Diesen Tonfall und die Wortwahl kannte ich doch. Mein Herz schlug wie verrückt. Ich sprang auf und trat aus meinem Winkel in die Halle. Sie waren es. Meine Geschwister. Jens, Robert, Claudia, Dana und Corinna. Mein Gott, sie waren wirklich gekommen.

Die Haustür fiel hinter ihnen zu. Mama und „Vati" waren nicht dabei. Sicher waren meine Geschwister nun auch geholt worden. Willkommen im Kinderheim. Vom Glücksrausch erfasst, lief ich auf sie zu und drückte meine Geschwister allesamt an mich. Endlich hatten wir uns wieder. „Kommt", rief ich, „ich zeige euch alles."

Auch an Dannis Zimmer gingen wir vorüber. „Hier", sagte ich knapp, „wohnt Danni. Aber sie hat ja alles zerstört."

Die Mitarbeiter des Jugendamtes hatten meine Geschwister aus unserer Familie geholt. In den Gerichtsakten konnte ich später lesen, was geschehen war.

„Am 30.1.1997 war die Situation dadurch eskaliert", hieß es, „dass die Kindesmutter telefonisch dem Jugendamt mit Suizidabsichten gedroht hatte." Sie sei fertig und überfordert, klagte unsere Mutter damals. Schaffe es nicht mehr. Werde sich vielleicht umbringen.

Mama, der damals wichtigste Mensch in meinem Leben, wollte Selbstmord begehen.

Zwei Mitarbeiter des Jugendamtes fuhren zu unserer Wohnung. Nicht mehr als einen Spalt breit wurde die Haustür geöffnet. Ein Freund unserer Mutter sei in der Wohnung gewesen, konnte ich später lesen. Habe betrunken inmitten meiner Geschwister gestanden, „keinen vertrauenswürdigen Eindruck, vor allem in Bezug auf die Beaufsichtigung der dort befindlichen Kinder" gemacht. Diese seien „in keinem guten Pflegezustand, teilweise unbekleidet, teilweise in schmutzigen Windeln" gewesen.

Meine Mutter trafen die Mitarbeiter des Amtes nicht an. „Vielleicht ist sie in ihrer Stammkneipe", äußerte ihr angetrunkener Freund. Genau wisse er es aber nicht.

Mama war auch in ihrer Stammkneipe nicht aufzufinden gewesen. Im Jugendamt wurde eine Teamsitzung einberufen. Um eine „augenblickliche Gefahr" für meine Geschwister abzuwenden, wurde entschieden, sie in Obhut zu nehmen. Wie sehr drückte ich sie im Heim nun an mich.

Selbstmordabsichten habe sie geäußert, teilte Mama dem Gericht später mit. „Nie aber Tötungsabsichten in Bezug auf die Kinder."

Zunächst sei sie an dem Tag, als die Kleinen geholt wurden, bei Horten „für die Kinder einkaufen" gewesen, „dann war ich ein Bier trinken. Wo das war, sage ich nicht."

Sie habe Dannis Vater gebeten, fügte Mama hinzu, „auf die Kinder aufzupassen. Ich kann nichts dafür, wenn er sich inzwischen betrinkt."

„Selbstmordgedanken habe ich jetzt nicht mehr", war damals Mamas schönster Satz. „Ich habe meiner Tochter versprochen, dass ich in der Art nichts unternehme, und deswegen werde ich es auch nicht tun."

„Meiner Tochter", hatte Mama gesagt. Damit war ich gemeint. Mandy.

Gegen „Vati" wurde im Januar 1997 ein Haftbefehl erlassen und am selben Tag außer Vollzug gesetzt. Wie schrecklich sich das für Danni angefühlt haben muss. „Vati" blieb auf freiem Fuß. Sie kriegten ihn nicht gleich dran. Die Handlungen, die in dem Haftbefehl gegen „Vati" geschildert würden, äußerte unsere Mutter vor Gericht dazu, seien „der Phantasie des Kindes Daniela entsprungen." Ein Besuch bei der Frauenärztin habe nicht auf sexuellen Missbrauch hingedeutet. Und auch Danni habe nach dem Arztbesuch lediglich von einer Entzündung gesprochen, die zu behandeln sei.
Eine Entzündung. Alles brannte nieder. Unser ganzes Leben.

Ich hätte Dannis Aussage bestätigen können. Berichten, was „Vati" uns angetan hatte. Ich aber schwieg. Sagte kein Wort. Schrieb meine Briefe an Mama und „Vati", brachte meine Geschwister gegen Danni auf. „Diese Hexe", bläute ich ihnen ein, „hat alles kaputtgemacht. Vati kommt bestimmt ins

Gefängnis. Dann verliert er seine Arbeit und wir haben nichts mehr. Aus und vorbei mit Spaghetti mit Ketchup und weißen Turnschuhen "

Wie eng drückte ich meine Geschwister an mich. Danni jedoch durfte sie nicht anfassen. Dafür sorgte ich schon.

Welch tiefe Wunden ich während dieser Tage in Dannis Seele hieb, ließen Schmerz und Verlorenheit mich nicht erkennen. Dabei war Danni es doch, die unfassbaren Mut aufgebracht hatte, es zu sagen. Auszusprechen, was kaum eines der so vielen Missbrauchsopfer über die Lippen bringt. Auf dass die Worte zu hören sind:

„Vati" hat uns missbraucht. Immer und immer wieder."

„Vati" sperrten sie schließlich doch ein. Mama hatte Danni und mich besuchen wollen und ließ sich von ihm nach Sergen fahren. „Vati" kam dem Heim zu nahe, wurde gesagt. Er habe das verhängte Kontaktverbot ignoriert und wurde verhaftet.

Mama legte sich ins Zeug, die Auflagen des Gerichts zu erfüllen. Sie wollte uns wiederhaben. Das war deutlich zu erkennen.

„Aus der Sicht des Jugendamtes hat die Kindesmutter

alle ihr angetragenen Aufträge und Auflagen erfüllt. Ich kann berichten", sagte ein Mitarbeiter des Jugendamtes vor Gericht, „dass die Wohnung nunmehr in den besten Zustand versetzt ist. Ich werde dem Gericht dazu noch Polaroidabzüge überreichen."

Fotos unserer Wohnung. Von meinem Zuhause – natürlich nannte ich es noch immer so.

Wie aufgeräumt es dort nun aussah. Mama hatte sich Mühe gegeben, die Wohnung feingemacht für unsere Rückkehr. Doch wann würde die sein? Alles hätte ich getan, wirklich alles, um aus dem verdammten Kinderheim rauszukommen.

„Insbesondere das Kind Mandy", lese ich heute in den Akten, „leide sehr unter dem Heimaufenthalt und ... ‚die Mutter' ... befürchtet, dass wenn die anderen fünf Kinder nunmehr zur Entlassung kommen, Mandy dies als eine sehr schwierige Situation betrachtet."

Wie dumpf sie das schrieben. Eine „sehr schwierige Situation". Wie ein angeschossener Hund litt ich in meinem Zimmer im Heim, lebte in einer Welt aus Hass, Trauer, Verlusten und Sehnsüchten. „Täglich", lese ich weiter in den Akten, rufe Mandy zu Hause an, „dass sie doch aus dem Heim entlassen werden möchte."

Die Kleinen durften nach Hause. Verzweifelt und

durch Tränen sah ich, wie sie das Heim verließen. Einige meiner Geschwister jubilierten. Andere jedoch weinten. Hatten wohl Angst, heimzukommen. Ich kann nur ahnen wovor. Wir haben alle unsere Geschichten.

Der Mann vom Jugendamt erzählte vom Beistand meiner Mutter. Jener Frau, die an Mamas Seite dafür sorgen sollte, dass Ordnung und erste Ansätze von Heilung in ihr Leben traten. Von einer Suchtberatungsstelle war die Rede. Seit sechs Wochen, hieß es, habe Mama keinen Alkohol mehr getrunken. Unsere Mutter sei nun „situationsbewusster", nehme deutlicher wahr, was um sie herum geschehe. Wäre dies eher der Fall gewesen, fragte ich mich, hätte Mama dann auch wahrgenommen, dass der Mann, den wir „Vati" nannten, in unsere Betten und Körper kroch?

Die Kleinen wurden nacheinander abgeholt. Durften wieder daheim leben bei unserer Mama. Danni und ich blieben in Sergen. Wie ausgestoßen und zurückgelassen fühlte ich mich.
Dann brachten sie uns in ein anderes Heim. Es befand sich eben dort, wo Danni und ich als Kinder auf unserer Flucht von einem Polizisten gestellt worden

waren. „Wo wollt ihr denn hin?", hatte der Beamte einst gerufen und uns heimgebracht. Jetzt waren wir wieder da. Erst zog Danni dort ein, dann ich. Saß oben im Baumhaus, rauchte und hätte runterkotzen können auf die ganze Welt. Ich hasste Danni noch immer. Und nach Hause ließen sie uns auch nicht. „Für die Ermittlungen", wurde gesagt, sei der Kontakt zu uns Mädchen noch wichtig.

Ein Dreivierteljahr quälte ich Danni mit Hass und Ausgrenzung. Erst dann geschah, was alles veränderte: Ich sah meine Schwester vor dem Gerichtssaal. Beinahe wäre sie „Vati" in die Arme gelaufen. War zurückgeschreckt, ihr Gesicht nun reines Entsetzen. Danni zitterte am ganzen Körper, klammerte sich an einen Treppenpfosten, als stürze sie beim Lösen auch nur eines Fingers ins Verderben. „Es kann doch nichts passieren", versuchte ein Beamte meine Schwester zu beruhigen. „Der Angeklagte sitzt auf dem Stuhl, und es sind Polizisten mit drin."
Danni klammerte nur noch fester. Der Schmerz und das Grauen all der Jahre mit „Vati" trat in diesem Moment, dort bei der Treppe vor dem Gerichtssaal aus dem Tiefsten meiner Schwester ans Tageslicht, auf ihre Wangen, in ihre Augen, auf ihre Haut und

bis in die Spitzen ihrer Haare hinein. Derart hatte ich Danni noch nie gesehen. All die Vernichtungen waren mir nun deutlich vor Augen, die „Vati" ihr angetan, nein, die „Vati" uns angetan hatte.

Ich wusste es nicht. Womöglich aber sahen auch mich Menschen bereits in einer Verfassung wie jener, in der Danni sich damals vor dem Gerichtssaal befand. Beinahe gänzlich zerstört von allem, was geschehen war. Mein Mann, vielleicht sieht er mich so, wenn ich – so sanft er auch ist – bei der Liebe plötzlich zitternd und weinend in seinen Armen liege. Ich liebe Michel unendlich. Dennoch zerbreche ich manchmal inmitten eben dieser größten Liebe, und es kommt zum Vorschein, was „Vati" uns angetan hat. Immer wieder schiebt sich das in mein Leben, richtet sich wie ein schwarzer Eisblock dort auf.

Michel und ich sitzen dann auf dem Bett. Reden die ganze Nacht. Das hilft und ist wunderschön. Aus meiner Seele und meinen Träumen werde ich dennoch nicht herausreden oder gar schreien können, was geschah.

Vor Gericht hatte ich bisher kaum gesprochen. Gab ich ein wenig preis von „Vati" und „unserem Geheimnis", wie er immer sagte, bestritt ich meine Aussage kurzum am folgenden Verhandlungstag und versetzte Danni damit nicht weniger als

Peitschenhiebe.

„Nein, ich habe Blödsinn geredet", funkelte ich angewidert durch den Saal. „‚Vati' hat das, was meine Schwester sagt, nicht mit uns gemacht. Er ist ein guter ‚Vati'."

Dieser „gute Vati" schenkte mir ein Lächeln von seiner Anklagebank. Erneut hatte ich ihn mit meinen Aussagen auf verstörende Weise liebkost. Dann aber sah ich Dannis vor dem Gerichtssaal explodierenden Seelenschmerz, und alles änderte sich. Dannis entsetztes Klammern an das Treppengeländer öffnete mir die Augen für den Zerstörungsfeldzug, den „Vati" in unseren Körpern geführt hatte. „Herr Richter," erhob ich das Wort, „ich sage nun alles."

„Vati" lächelte nicht mehr.

Sie verurteilten ihn zu sechs Jahren Gefängnis.

Teil 3

„Hält unsere Liebe das alles aus?"

Ich wohnte nun wieder bei Mama. Auch meine Geschwister lebten dort. Nur Danni nicht. Sie war zu einem Freund gezogen. Ihre Beziehung würde einen schlimmen Weg nehmen. Später aber wurde alles gut, als wir gemeinsam in die Berge fuhren und der Wind das Leben meiner Schwester in eine neue Richtung wehte. Auch mein Leben. Ich zog in ein Betreutes Wohnen.

Die Versuche, den Kleinen bei unserer Mutter ein normales Leben zu ermöglichen, scheiterten allesamt. Mama gelang es nicht, ihre Alkoholsucht zu bezwingen. Wieder lief alles schief. Die Kleinen wurden abgeholt. Irgendwann blieben sie dann im Heim. Sollten dort erwachsen werden.

Lediglich für Sebastian, unser Nesthäkchen, fand sich eine Pflegemutter. Wie glücklich unser kleiner Bruder immer aussah, wenn er uns Geschwister an der Hand seiner neuen Mama in Heimen oder Wohnungen besuchte.

Der Zusammenhalt von uns Kindern war ungebrochen. Regelmäßig sahen wir uns, sprachen, hielten uns fest. Ließen Mamas Alkoholsucht und „Vatis" Taten nicht zwischen uns rinnen wie gefrierendes Wasser, das alles sprengen kann. Unsere Warmherzigkeit und Liebe waren stärker und sind es auch heute noch.

Mama jedoch drückte ich damals raus aus meinem Leben. Hielt sie auf Abstand, sah ihre Nummer auf dem Display, ging nicht ran. Schob die Erinnerung an den Anruf einfach nach rechts in den kleinen Mülleimer des Smartphones. Zu sehr hatte Mama sich betrunken und mit lallender Zunge in mein Leben und das meiner Kinder eingemischt. Ich wollte das nicht mehr. Fand erst wieder zu ihr, als das Schlimmste geschah.

„Du musst kommen, Mandy", war es die Stimme von Mamas Betreuerin, die am Telefon beinahe zerbrach. Dann fiel ein Name …. und das so schreckliche Wort. „Der kleine Sebastian … er ist tot."

Mein Atem stockte, blieb mir einfach im Halse stecken. Ich konnte mich nur verhört haben. Sebastian war vier. Niemand stirbt mit vier. Dachte ich für eine Sekunde. Doch da war sie wieder, die Stimme am Telefon. „Es gab einen Brand in der Nachbarwohnung seiner Pflegemutter. Sebastian … der Rauch … dein Bruder ist erstickt."

Nachts habe ein Nachbar sich etwas zu essen machen wollen, erfuhr ich. Rückte einen Topf mit Frittierfett auf den Herd. Drehte die Hitze auf. Ein Zischen, und alles stand in Flammen. „Zwölf Männer und Frauen", hieß es in der Zeitung, „wurden von der Feuerwehr aus dem dreigeschossigen Gebäude gerettet." In der völlig verqualmten Etage fanden die Männern zwei Körper. Eine Frau und ein Kind. Sebastians Pflegemama wurde wiederbelebt. Unser Bruder aber hatte keine Chance. Sebastian starb in dem giftigen Rauch.

„Ich lebe, aber mein Engel ist tot", zitierte eine zweite Zeitung Sebastians Pflegemutter. Unser aller Engel war tot. Er starb am 27. November 2003 um 1.54 Uhr nachts.

Es war das Allerschrecklichste.

Gleichwohl, und so verstörend kann das Leben manchmal sein, brachte unser Engel uns noch etwas Gutes. Sebastians Tod ließ mich den Bannkreis, den ich um unsere Mutter gezogen hatte, durchbrechen. Sie hatte ihr jüngstes Kind verloren, ihren Körper mit einer Beruhigungsspritze vor dem Durchdrehen schützen lassen. Mama saß ganz nah am Zusammenbruch, als ich ihre Wohnung betrat. Alle waren sie dort – meine Geschwister und unsere Mutter. Gemeinsam trauerten wir, weinten, redeten, waren stark. Halten heute immer noch zusammen.

Mama wollte ich nicht noch einmal aus unserer Mitte verlieren. Dabei ließ der Alkohol sie immer wieder heraustaumeln. Wir stellten also Regeln auf. Ihre geliebten Enkelkinder würde sie nicht zu sehen bekommen, wenn sie etwas getrunken hatte. Tatsächlich gelang es Mama fortan, jeweils für Wochen kaum Alkohol zu trinken. Das sind die schönen Zeiten. Dann fällt sie wieder in ihr Loch. Das sind die dunklen Zeilen. Wie wundervoll wäre es doch, Mama, Du kämest auch aus denen irgendwann noch heraus.

Ich war eine Jugendliche. Brauchte Nähe. Suchte nach Liebe. Sehnte mich nach Sexualität und trug gleichzeitig all diese Verwüstungen in mir. Mit sechzehn wurde ich schwanger. Sollte mein Kind wirklich in eben diesen Verwüstungen heranwachsen? Ich beschloss, dass es leben sollte. Hätte ich meinen Sohn Dennis, der am 29. Mai 2001 geboren wurde, „weggemacht" – wie es so gemein heißt –, ja, hätte ich ihn „weggemacht", wäre die Verwüstung in mir sicher allumfassend gewesen. Ich aber ließ die Liebe in mir wachsen. Das größte Glück meines Lebens; neben meinem zweiten Sohn Konstantin, geboren am 15. November 2013, und meinem Mann Michel.

„Schau mal, der Michel. Er ist so klein und süß", scherzte eine Kollegin einst während meiner Ausbildung zur Hauswirtschafterin. „Der wäre doch was für dich, Mandy."

So richtig wahrgenommen hatte ich Michel bis dahin

noch gar nicht. Lächelte ihn nun aber öfter aus meiner roten Jacke und mit meiner Zahnspange im Gesicht fröhlich an. Wie dusselig werde ich ausgesehen haben. Michel fand das offenbar nicht. Denn bald schon standen wir uns ganz nahe, schauten uns in die Augen und beschlossen:

„Wir gehen zusammen! Aber nur für eine Nacht."

Welch süßer kleiner Schwur war das gewesen. Die Zahnspange ist nun lange raus aus meinem Mund, und auch die rote Jacke aus meinem Leben verschwunden. Michel jedoch ist enger als jemals zuvor an meiner Seite. Manchmal kann ich kaum glauben, dass unsere Liebe all das überstand, was nach meiner Ausbildung geschah.

Mit meinem Sohn Dennis lebte ich im Betreuten Wohnen, bewarb mich endlos und beinahe übereifrig. Nichts als Absagen. Oder die Antworten auf meine Schreiben blieben gänzlich aus. Ich bot meine Arbeitskraft an, wieder und wieder, und dann: keine Resonanz außer Schweigen oder dem zunehmend zerstörerischer werdenden Standardsatz „Vielen Dank, leider kein Bedarf."

Ich wollte auf eigenen Beinen stehen. Niemals mehr mit einer Bitte um Geld oder Unterkunft an die Tür meiner Mutter klopfen. Wir kamen miteinander aus. Mehr aber nicht. Und manchmal drängte Mama sich in ihrem Rausch in mein Leben. Das wollte ich nicht. Käme ich aber nicht bald an Geld, gäbe es nichts mehr zu wollen. Meine Wünsche würden scheitern. Wieder stünde ich dann in der Wohnung, wo alles geschah. „Mandy", nahm Michel mich in den Arm. „Magst Du nicht zu mir nach NRW ziehen?"

Seine helfende Hand. Diese so wichtige Umarmung. Ich nickte. Bestimmt war es das Beste zu gehen. Cottbus und ganz Brandenburg mit all seinen Geistern hinter mir zu lassen.

Michel organisierte alles, besorgte einen LKW, beladen mit jeder Menge Enthusiasmus und mehreren Kumpels, die uns beim Umzug helfen sollten. Frühmorgens klopften sie an meine Wohnungstür. Verwirrt und im Nachthemd stand ich ihnen gegenüber. Hatte nichts vorbereitet. Nicht eine Umzugskiste gepackt. Gänzlich verdrängt, was wir besprochen und geplant hatten. Ich war noch nicht bereit, Cottbus zu verlassen. Meine Vergangenheit hatte eine Mauer in mir errichtet und unser Zusammenziehen einfach weggesperrt. Ich erschrak über mich selbst und die gut gelaunten Umzugskumpel vor der Haustür, die das, was mein Cottbusser Leben war, in Windeseile nach NRW geschafft hätten. Was sollte ich tun? Ich wusste es nicht. Schmiss einfach die Wohnungstür zu. Hörte

Michels Rufen aus dem Hausflur.

„Aber Mandy, wir ziehen doch heute zusammen. Oder?"

Michel wollte mich aus allem herausholen. Wie dankbar ich ihm war. Gleichwohl würgte das Fragezeichen hinter seinem „Oder?" unserer Liebe für einen Moment die Luft ab. Nachbarn glotzten durch ihre Spione. Welch herrliches Drama spielte sich vor ihren Augen ab. Eine ganze Mannschaft Umzugshelfer auf der einen, ich in meinem Nachthemd und in größter Verstörung auf der anderen Seite der Tür, die ich nun öffnete und Michel in die Arme schloss. Tief atmeten wir uns ein. Saßen Stunden später doch im vollgepackten LKW und sahen das „Brandenburg"-Schild hinter uns kleiner werden.

Doch es war zu früh. Ich war noch nicht bereit, alles hinter mir zu lassen. Meine Geschwister, meine Mutter und auch nicht „Vati". Wie gebannt von meiner Vergangenheit, hielt ich es kaum eine Woche in NRW aus. „Michel", schaute ich meinen Freund an. „Kann unsere Liebe das alles aushalten?"

Das „Ja", das als Antwort über seine Lippen kam, war vielleicht das wichtigste und ehrlichste Wort meines Lebens.

„Kommst Du nicht zu mir, ziehe ich eben zu dir", lächelte er, und wir schafften zum Erstaunen unserer großartigen Umzugskumpel nun nicht nur meine, sondern auch Michels Sachen nach Cottbus.

Er fand eine Arbeit. Und auch ich würde, nachdem meine Kindheit und Jugend mit all ihren Geschehnissen mich an Cottbus fesselten, nun unbedingt eine solche finden müssen. Den Stapel mit den Absagen hatte ich verbrannt. Ihn deshalb aber nicht weniger vor Augen. Als Hauswirtschafterin würde ich keine Stelle finden. Und bestimmt auch nicht weitere sinnlose Bewerbungen an irgendwelche Arschlöcher schicken, die nicht einmal darauf antworteten.

Verbittert schlug ich die Stellenanzeigen auf.

„Massagen", fiel mein Blick auf eine der Überschriften. Eben wollte ich umschlagen, las dann doch, was darunter stand.

Frauen wurden gesucht, die Massagen verabreichten. Warum nicht? Ich war stark. Das würde ich schon machen können. Vereinbarte einen Vorstellungstermin, eine Wohnungstür wurde mir geöffnet, doch beim Anblick mehrerer, lediglich von Dessous bedeckter junger Frauen wich ich zurück.

„Nur keine Scheu", lächelte eine ältere Frau mich an. „Du musst Mandy sein. Wir haben vorhin telefoniert. Komm erst einmal herein."

Sie führte mich durch die Wohnung. Selbstverständlich gehe es nicht nur um Massagen. Aber das sei ja klar, sagte die Chefin des Etablissements in einer Selbstverständlichkeit, als seien die angebotenen Dienstleistungen die normalsten der Welt. Schließlich gebe es seit tausenden von Jahren Prostituierte, ließ sie mich wissen und erläuterte die Preisstaffelung. „Massage: 50,- Euro. Geschlechtsverkehr: 70,- Euro ..."

Sie nannte die Beträge, ganz wie Handwerker oder Barista in Kaffeeläden diese benennen und fügte charmant hinzu:

„... und Du bekommst immer die Hälfte."

Ich nickte, sprach in meiner Verwirrung kaum ein Wort. Tatsächlich hatte ich Massagen verabreichen wollen. Mehr nicht. Nun war ich geradewegs in ein Vorstellungsgespräch als Prostituierte geraten. Hörte zu, was die Chefin sagte. Dass immer jemand ein Auge auf uns Frauen haben würde. Jemand, der sogleich da sei, sobald ein Kunde eine Grenze überschreite, etwas ihm Untersagtes lauthals oder mit Gewalt einfordere. „Du bestimmst, was geschieht", legte die Chefin für einen Moment ihre Hand auf meine. Kurz darauf stand ich vor dem Haus. Hatte mir Bedenkzeit erbeten. Natürlich brauchte ich Geld. Meinen Körper dafür an Männer zu verkaufen, war mir allerdings nicht nur ein unendlich ferner Gedanke gewesen, sondern ein solcher hatte In meinem Kopf einfach nicht existiert. Nun jedoch gab es ihn dort.

„Du bestimmst, was geschieht."

Genau so hatte die Chefin es gesagt. Niemand würde sich über meine Anweisungen hinwegsetzen können. Sonst gab es Ärger. Der Gedanke gefiel mir.

Ich dachte an „Vati". Jahrelang war er in mein Zimmer, mein Bett und meinen Körper eingedrungen, ohne dass ich eine Grenze hätte ziehen, ihn von mir weisen oder wegstoßen können. Niemand war dagewesen, um einzuschreiten oder mir zu helfen. Niemand. Mama nicht. Keine Freunde, Verwandte, Nachbarn oder Polizisten.

Dort oben in der Wohnung, dem so genannten Etablissement, würde das ganz anders sein. Ich wäre die Bestimmerin. Würde Verbote und Befehle erteilen und Grenzen setzen, wo ich wollte. „Die Macht über die Männer ...", hauchten diese Gedanken mir einen bisher unbekannten Stolz ein, „... läge in meinen Händen."

Tagelang überlegte ich. Ließ Michel schließlich teilhaben an dem Wirrwarr in meinem Kopf. „Du hast doch schon so 'ne scheiß Vergangenheit", machte er sich Sorgen. „Ich weiß nicht, ob das der richtige Weg in die Zukunft ist."

Wir brauchten einige Tage. Überlegten gemeinsam. „Diese Macht über die Männer zu haben und sie auszuspielen", spürte ich ein Bedürfnis tief in mir. „Das wird mir guttun."

Endlich würde ich dann auch eigenes Geld verdienen.

„Ich weiß ja", sagte ich zu Michel, „Du würdest deines immer mit mir teilen. Aber ich muss selbst einen Job haben. Sonst fühle ich mich wertlos."

„Ich liebe dich", war Michels Antwort. Und mehr sagte auch ich in diesem Moment nicht. „Ich liebe dich."

Ich tat das von ganzem Herzen. Und wir beide waren stark genug, auf dass ich losging, das Apartment betrat und nun selbst als eine dieser jungen Frauen dort saß und die Männer empfing. Nicht klein und schüchtern tat ich das. Nein, ich war stolz. War schön, wurde angehimmelt und hatte gleichzeitig das Sagen. Die Männer bezahlten, und sie bekamen, wofür sie bezahlt hatten. Kein Bisschen mehr. Aufreizend angezogen stand ich vor ihnen, sah die Gier in ihren Augen, wie ich hunderte Male die Gier in „Vatis" Augen gesehen hatte. Kehrte die Situation nun um. Stellte auf den Kopf, was ich erleben musste. „Nimm deine verdammten Finger weg", fauchte ich Männer an, die mich betatschen wollten. „Oder ich baller dir eine!"

Die Männer wichen zurück. Die Macht lag in meinen Händen. Wortlos steckte ich das Geld ein. Wies erneut jemanden in aller Strenge zurecht. Es gibt Dinge, die sind nicht käuflich. Jedenfalls nicht bei mir. Angeber, Großmäuler, hochnäsige Dreck- und Ekelsäcke faltete ich doppelt zusammen. Doch auch Schüchterne kamen. Liebe Männer, die nichts als reden wollten. Einfach neben mir saßen und glücklich waren, dass ich ihnen zuhörte. Sie bezahlten dafür. Für das Zuhören. Dabei blieb es dann. Diese Männer gingen, ohne mich auch nur ein einziges Mal berührt zu haben. Ich war ihre Prinzessin.

Drei Jahre vergingen. Michel und ich beschlossen zu heiraten. Wollten unsere Beziehung zu etwas noch Größerem machen. Wundervoll fühlte sich das an.
„Aber dann ...", sah Michel mich ernst an, „... musst Du damit aufhören ... Du weißt schon. Ich packe das nicht mit den anderen Männern und dir. Du bist doch super, Mandy. Mach dich doch als Haushaltshilfe selbstständig. Du schaffst das. Ich weiß es genau."
Wieder redeten wir eine Ewigkeit. Wie Michel und ich das immer tun. Miteinander sprechen. Das ist der größte Schatz, den wir haben. Wir planen unseren gemeinsamen Lebensweg, machen uns Mut. Meistens ist er es, der mich ermutigt.
„Kunden davon zu überzeugen, dass ich eine tolle Haushaltshilfe bin, das kann ich mir irgendwie nicht

vorstellen. Werbung für mich machen? Akquise?"

Ich war skeptisch. Hatte während der drei Jahre dort oben im Etablissement viel an Stolz und Selbstvertrauen gewonnen. Eine kleine Firma für Haushaltshilfe zu gründen und damit erfolgreich zu sein, konnte ich mir dennoch nicht vorstellen.

„Wirst schon sehen", wiederholte Michel, was er zuvor gesagt hatte. „Du bist super!"

Ich lachte. Sah mich für einen Moment als „Supergirl" das Etablissement betreten, meinen Kolleginnen „goodbye" sagen und eine Firma gründen. Plötzlich gefiel mir die Vorstellung. Sie gewann an Kontur, und ich tat all das nun wirklich.

Meine Kolleginnen waren lieb. Wünschten mir alles Gute. Letztendlich aber glauben sie nicht an mich. „Du kommst wieder, Mandy", hörte ich zum Abschied. „Das hier ist leicht verdientes Geld."

„Nein", flüsterte ich zu mir selbst, während ich ins Treppenhaus trat. „Ich komme nicht mehr zurück."

Es fühlte sich großartig an, an sich selbst zu glauben. Ich ging heim und fand auf dem Küchentisch einen Zettel mit einer Telefonnummer. Darüber stand der Name einer „möglichen ersten Kundin", wie Michel die Frau genannt hatte, die er selbst aus seinem Arbeitsumfeld kannte. „Sie denkt über eine Haushaltshilfe nach. Ruf' sie doch einfach mal an."

Ich wählte die Handynummer. Würde das Telefonat, so aufgeregt, wie ich war, sicher vermasseln. Verhaspelte mich auch gleich, stockte, sprach leise und verhalten. Dann jedoch wurde ich besser. Meine einstigen Kolleginnen glaubten nicht an mich. „Du kommst wieder, Mandy", hatten sie gesagt. Ich aber würde ihnen schon zeigen, was in mir steckte. Schüttelte meine Ängste ab und legte der Frau am Telefon voller Stolz dar, was ich für sie tun konnte: „Den Einkauf erledigen, die Wäsche, den Haushalt, die Reinigungsarbeiten, … das wird sich klasse anfühlen für Sie!"

Für einen Moment war es still zwischen uns. Dann lud sie mich ein und war begeistert.

„Vati kommt raus."

Alle meine Geschwister sprachen nur davon. Wirbelten meine Gefühle durcheinander und ins Chaos. Sechs Jahre war „Vati" im Gefängnis gewesen. Jetzt ließen sie ihn frei, und ich wollte nur eines von ihm wissen:

„Warum hast Du Danni und mir das angetan?"

Diese Frage wollte ich ihm stellen. Bis ich eine Antwort erhalten würde. Michel und ich fuhren also zu „Vati". Unwissend, was dieser Mann meiner Schwester und mir angetan hatte, saß Michel neben mir. Würde gleich, wie besprochen, einen Spaziergang unternehmen. Dann wäre ich mit „Vati" allein. Nach all den Jahren. Und hatte die Frage schon auf den Lippen.

Schnell ging ich noch einmal auf die Toilette. Begegnete „Vati" im engen Flur. Er war mir nachgeeilt. „Mandy", hörte ich seine Stimme wie einst. „Endlich haben wir uns wieder."

„Vati" drängelte sich an mich. Packte zu.

Ich aber war stärker als früher. Fühlte mich mächtiger. Stieß „Vati" weg. Entglitt ihm. Stürmte ins Wohnzimmer.

Michel sah mein Entsetzen. Eilte mit mir aus der Wohnung. Berichtete im Wagen, was „Vati" zu ihm gesagt hatte. „Ich saß im Knast", waren dessen Worte gewesen. „Wegen Missbrauch."

Michel und ich sprachen fortan oft darüber, wie böse es sei, was „Vati" uns angetan hatte. „Daran", sagte Michel, „darfst du niemals, niemals zweifeln, Mandy."

Ich tue das heute nicht mehr. Hinterfragt man das Schreckliche an einem Missbrauch, bohrt Löcher in das Böse, fällt man selbst hindurch uns stürzt endlos hinab.

Bald feierten wir die ersten Erfolge meiner kleinen

Firma. Lachten über den tollen Namen, den wir für sie gefunden hatten: Hauskraus. Das klang wie ein Volltreffer. Womöglich würde das, was ich begonnen hatte, tatsächlich gedeihen.

„Mein eigene kleine Firma", freute ich mich und wandte mich der Akquise zu: „Hauskraus. Guten Tag! Einkaufen, Reinigungsarbeiten, Wäsche waschen, gerne sind wir für Sie da!"

Mein Kundenstamm wuchs. Während der ersten Wochen gingen vereinzelt noch Testanrufe meiner einstigen Chefin ein. Offenbar kam es nicht selten vor, dass junge Frauen des Etablissements meinten, ihr eigenes Ding aufziehen und 100 % des Umsatzes einstreichen zu können.

„Hallo, Sie benötigen eine Haushaltshilfe?", fragte ich wie üblich und wurde sogleich mit einer Gegenfrage konfrontiert.

„Kannst Du nicht auch was anderes für mich tun?"

„Nein", erwiderte ich und spürte ganz deutlich, dass ich – anders als meine einstigen Kolleginnen geplappert hatten – nicht wiederkommen würde. „Was meinen Sie?", stellte ich die Sache klar. „Ich biete Haushaltshilfe an."

Die Testanrufe blieben aus. „Hauskraus" gewann Kunden. Stolz zeigte ich meinem Mann eine Liste mit deren Namen. Es waren viele Namen. „Mandy", erinnerte Michel mich an den Zettel, den er einst auf den Küchentisch gelegt hatte. „Ich habe dir nur eine Kundin vermittelt. Alles andere hast Du selbst geschafft. Schon wieder bist Du so stark und großartig gewesen."

Wie wunderschön Michel das immer sagte. Mir endlos viel an Kraft und Selbstvertrauen gab. Auf dass ich mich neu erfinden konnte. Mir eine Tätowierung stechen und meine kurzen, eben noch schwarz gefärbten Haare wachsen ließ, bis sie wieder blond waren. Neue Farben. Neue Bilder.

Einige meiner Geschwister fingen bei „Hauskraus" an. Unseren Zusammenhalt, „Vati" hat ihn nicht brechen können. Irgendwann jedoch wuchs mir die Firma über den Kopf; mehrere Angestellte und daheim zwei Kinder mit ihren Wünschen und Bedürfnissen. Der noch kleine Konstantin erschrie sich die Zeit mit mir. Forderte ein, was sein Recht ist. Brüllte seine Mama herbei. Wie dankbar bin ich heute, dass der kleine Mann so hartnäckig war.

Damals jedoch wäre ich beinahe verzweifelt. Kundengespräche, die Buchhaltung und all der Papierkram waren am eigentlichen Feierabend ständig zu erledigen. Am liebsten hätte ich mich weggeduckt. Was ich mir beruflich aufgebaut hatte, schien mich zu zerstören. Im Stress fügte ich mir selbst Verletzungen zu. Erzählte Michel davon. Wieder sprachen wir lange. Wie wir das immer tun. Und fanden eine Lösung.

Ich fühlte mich nun bereit, nach NRW zu ziehen. „Du hast es einmal geschafft", begeisterte Michel sich für den Plan. „Du machst dich dort einfach wieder selbstständig. Auch in NRW brauchen die eine tolle Hauskraus wie dich."

Wir lachten. Küssten uns.

„Ja, das werde ich tun."

Ich absolviere nun meinen Meister und baue meine kleine Firma in NRW noch einmal auf. Lasse sie nicht zu groß werden, mir die Arbeit nicht über den Kopf wachsen.

Jetzt sitzen wir in diesem Auto.

Cottbus liegt hinter uns. „Vati" wohnt noch immer dort. Er ist alt geworden. Ob seine krankhafte Lust noch dieselbe ist?

Ich weiß es nicht. Werde mich „Vati" nicht mehr nähern. Keine Fragen mehr stellen. Noch immer streitet „Vati" alles ab. Das ist das Letzte, was ich von ihm gehört habt.

Michel, Dennis, Konstantin und ich erreichen die Berge. Sie beruhigen mich. Lassen mich glücklich werden. Hier ist unser neues Zuhause. Brandenburg ist weit weg. Ich verabschiede es mit diesem Buch.

Dass meine Geschwister und ich uns nicht verloren haben, die Eiseskälte des Alkohols und Missbrauchs unsere Gefühle füreinander nicht hat absterben lassen, ist unsere größte Tat und unser ganz eigener Schatz. Wir sind nicht wortlos in alle Winde verstreut. Treffen uns regelmäßig. Nehmen Teil am Leben der Anderen. Unser Zusammenhalt ist nicht gebrochen, sondern stärker als jemals zuvor. Wir alle haben dafür gekämpft und gewonnen. Denn wer kämpft und sich nicht unterkriegen lässt, das weiß ich inzwischen genau, wird nicht verlieren, sondern etwas anderes. Gewinnen.